云端

史培刚拙题

程大宝,本名程益群,供职安徽医科大学。作品散见诸多报刊,入选多个选本,著有诗集《仪式感》。获安徽省社会科学奖(文学类)、鲁藜诗歌奖等。

雲端

YUN DUAN

程大宝 著

时代出版传媒股份有限公司
安徽文艺出版社

图书在版编目（ＣＩＰ）数据

云端/程大宝著. —合肥：安徽文艺出版社，2022.11
ISBN 978-7-5396-7244-1

Ⅰ．①云… Ⅱ．①程… Ⅲ．①诗集－中国－当代 Ⅳ．①I227

中国版本图书馆CIP数据核字(2021)第131495号

出 版 人：姚　巍
责任编辑：韩　露　　　　　　　　装帧设计：马德龙
....
出版发行：安徽文艺出版社　　www.awpub.com
地　　址：合肥市翡翠路1118号　邮政编码：230071
营 销 部：(0551)63533889
印　　制：安徽新华印刷股份有限公司　　(0551)65859551
....
开本：880×1230　1/32　印张：4.25　字数：200千字
版次：2022年11月第1版
印次：2022年11月第1次印刷
定价：58.00元(精装)
....
(如发现印装质量问题，影响阅读，请与出版社联系调换)

版权所有，侵权必究

目 录

001　　　序　蜡梅开出了什么(木叶)

第一辑　雪地的起伏者

003　　　雪地的起伏者
004　　　雪的咳嗽声
005　　　温暖的背面
006　　　内外都开始飘雪
007　　　对应雪及其他
009　　　转述
010　　　小雪中的教室

第二辑　雨前,雨后

013　　　雨前,雨后
014　　　雨前及雨中即景

015　雨中

016　雨中校园即景

017　雨中枯苇

018　梅雨时节

019　反向故事

第三辑　我经常念起的孩子

023　我经常念起的孩子

024　落雪之夜

025　放风筝的孩子

026　黑鸟

027　我的孩子

028　暴雪没有如期而至

029　放羊的孩子

030　张开双臂的少年

031　种植

032　女儿的疲惫

033　最美好的样子

034　路遇的婴孩

第四辑　茶枝上的新芽

037　茶枝上的新芽

038　竹林中折返
039　向晚河边的柳树
040　竹里的梯子
041　田野的棋盘
042　夜晚，寺院旁的一棵树
043　一直站立的树
044　一颗新芽
045　楼下的香樟树
046　窗台上的一盆绿萝
047　院里的一株桂花树
048　一株幸福的栀子花
049　风中的麦子
050　野山楂

第五辑　风从内心来

053　风从内心来
054　囚禁的声音
055　你的
056　出生
057　人生故事
058　无来由的爱
059　轻声的喊叫

060　不解的张望
061　疑问
062　我看见
063　内心
064　走在路上
065　风中落叶飘零
066　天放晴的时候
067　两股先于我们而至的风
068　被风关上的门

第六辑　多么美好

071　多么美好
072　人间二月
073　二月天的农夫
074　我爱这初春的校园
075　走进古旧的图书馆
076　感谢他们
077　月下睹物之思
078　恰时,我们炊食
079　九月
080　回家

第七辑　虚构的你

- 083　虚构的你
- 084　谈什么爱呢
- 085　说爱时,也有微恨
- 086　有时候也想流眼泪
- 087　月下发呆
- 088　可以说,也可以不说
- 089　让我们回到1998年
- 090　民谣

第八辑　我们涉水过河

- 095　我们涉水过河
- 096　黄昏来临时的路灯
- 097　一个人走在路上
- 098　河边行走
- 099　慢慢发光的路
- 100　大暑,去某处的路上
- 101　在傍晚快步行走
- 102　街头,弃用的绳索
- 103　空旷中的等候
- 104　空旷的午后

第九辑　仿佛修辞

107　仿佛修辞
108　一只打转的猫
109　无意义
110　时钟的手
111　一串钥匙
112　环城公园的黄昏
113　翠微路的地狱面馆
114　麻雀飞回家去
115　一只冬季的青蛙
116　黄昏的阳台
117　去山泉汲水
118　风中飘来面包的香气
120　这一日
121　秋空下
122　路灯

123　后记

序

蜡梅开出了什么

木叶

设想一下,几乎每时每刻都不得不身处庸常的我们,有一天,忽然以"冒领一个过路人的身份"的心来审视自己,来打量自己也许多少有些无奈的忙碌,来回想此生的从来与过往,乃至激发出不得不面向无穷与终极的苍茫情绪,会怎样?生活也许因此"咯噔"一声,猛然停顿那么一下。不过很快,等你的心神回转过来,生活继续按照它固有的厌烦节奏往前走,丝毫不会顾及你的作为个体的存在。这种"咯噔"——刹那间的"走神"——肉身明明粘滞世事中,心灵却分明"置身事外"的恍惚感受,就是诗意来袭,这一刻心灵得到滋补,至少是休憩。程大宝可能就经常出现这种"走神"状态,以至于不可抑制地写下这部《云端》。在"走神"中,他眼中的蜡梅"开出一桩桩善事";一群孩子走过去,"即刻长满葱郁藤蔓";雪花时而"能把全部的自己变成眼泪",时而又是天空下下来的"心里话"。

这种感觉无疑极其美好,哪怕只存在于瞬间。我和程大宝熟识有年,他给人的感受,往往也很温软、很美好,比如,我和他一起要到一个地方去,在马路边等出租车,正站着聊得火热,他会很意外地走到另外一辆恰巧停在我们身边但我们都并不熟悉的车旁边,轻轻地带上车门——转过身来,他向我解释,刚才那个上车的老妇人抱着孩子,关车门肯定不方便。再比如,傍晚时分路过街边菜摊,他会一股脑买下摊子上余下来的菜,然后和我理论说,我无非是多买了一点,人家菜卖完了可以早点回家。诸如此类的"瞬间",总是转眼就过去了,但今天翻看大宝拿给我、嘱我写点文字的他的诗集,忽然想到,平日里程大宝看起来和其他人并无两样,恰恰正是这些瞬间的细节,他的"全身长满泪腺"把他从众人中划开,也恰恰正是这些瞬间的细节,是他作为一名诗人抒情的依据所在。回过头来再读程大宝的诗,就好理解了。也就是说,他的这些诗歌其实是从他自己的生活当中很自然地"溢出"的,没有故弄玄虚,没有做作生造,写的几乎完全就是他的日常、他的感受,比如下雨了,下雪了,行走在马路上、校园中,总之,但凡刹那间某一情绪"瞬间"来袭,诗人又恰好有着相应的物相感应,就会把它记叙下来:

野山楂

我现在没有故乡,我
随着无序的脚步到处行走
我做过错事,所以
我落叶。我有时心存善念
所以,我开花

我结果子，是为了给自己一个

说法，有虫子啃噬

那是我们都应该有的印记

有风雨来临，我在枝头

用酸涩，荡着渴求的秋千

这首诗就很有趣，表面上是对于"野山楂"的快速叙述，内中满满地流动着"我"的中年感悟，酸涩，以及复杂的渴求。在这种无痕的融合当中，诗意生成。套用王国维的话，真是不知何者为"野山楂"、何者为"我"了。再如：

雪的咳嗽声

雪被万物，掩饰所有挣扎

灯映飘雪，回忆去时

蜡梅开出一桩桩善事

落雪让我们想起平日里疏忽的人

那就把柴添上，站在灶台旁

火，压住柴，火焰飘出窗外

它与雪的交谈我们不懂

我们天生畏寒，困境里才会下雪

悲怆时嗓子眼塞满雪球，只是

庭院的那棵柏树，摇晃着僵硬的身体

一阵阵细碎沙哑的坠落声

像我们咳嗽不停的老父亲

  雪夜,听着户外簌簌的落雪声,回想生活中的种种日常,诗意由此铺开。这首诗抒情的路数和上一首略同,但在结尾,令人注目地引出"老父亲",整首诗的基调因此沉郁、苍茫。在程大宝的这本诗集当中,这首诗有一定的代表性体现在以下三点,第一,反映了诗人瞬间的敏感而又准确的取象功力(本诗当中是下雪声——咳嗽声)。第二,诗的篇幅一般写得都不长,相对紧凑,情感饱满,意对于象的调用和推动上有时宛若滚雪球,在持续的滚动(意象粘连)中,诗的空间逐渐涨出、长成。第三,程大宝大多数的诗结尾戛然而止,能给读者以余味和不尽联想。从这首诗也可以看出,程大宝的诗当中传统元素调用较多,传统的情愫表达较为充盈,诸如青春、生命、爱情等等。《向晚河边的柳树》可能是更有说服力的例子:

向晚河边的柳树

柳树冒领一个过路人的身份

向晚时踮起脚照河面的镜子

多么像翘首等待又极力掩饰的人

总有人知道原因,但他们不说

这个冬天,抱火而眠者其实不是

为了抵御不请自来的寒

也不是不戴面具,是躲藏在所有人的面具之后

词语中也有电阻,所以我们懦弱

所以我们把自己的小彷徨藏匿在即将到来的大悲悯中

在这个大中,我们可以荡漾

荡漾一天叫徜徉

荡漾一季是忧伤

对于《向晚河边的柳树》,诗中第二句以及第三句的精彩之处姑且不论,我更感兴趣的是首句:"柳树冒领一个过路人的身份"。"冒领一个过路人的身份",程大宝说是河边柳树,我的理解,实际上是诗人自己。"过路人"一般会是"局外人",当你成为一个"过路人",你才有可能和烦躁的生活拉开距离。如果意识到只不过是短暂的"冒领",可能就更加高明了。我认为,在写作当中,自觉意识到"冒领的""过路人身份",是程大宝诗意生成的另一依据所在。至于程大宝为什么要用心去"冒领"一个过路人的身份,那要请读者去细细体味了。

除此之外,人到中年不期然生起的对生命以及存在的格外敏感,同样也是大宝诗意生成的重要依据之一。比如在《竹里的梯子》《一直站立的树》《恰时,我们炊食》《翠微路的一家面馆》等诗当中所倾诉的诗人的感受。《内心》当中,诗人在"月下

发呆",他"可以说,也可以不说",注视着"慢慢发光的路"。这些诗都写得格外生动,意绪纷纭,尤其《竹里的梯子》,历历都是一个中年男子,在人生的"巍峨"中途,不断向上攀爬的痛彻肺腑的感念。

总之,丰富的联觉、朴素到有时候甚至散发着童趣的情怀、坦率的追问,回环在程大宝绝大部分的篇什当中,使得他的诗既轻快又耐读,有着某种迷人的独特魅力。当然,诗集中也有一些瑕疵,有的地方在表达上不够精准,少数语言尚需锤炼,如《空旷中的等候》中的"银月多情"四个字,成熟的诗人不会处理得这么简单,会在"银""情"上下足不动声色的功夫。另外,叙述的调性上总体还是偏"软"。不过瑕不掩瑜,回到本文标题的疑问:"蜡梅开出了什么",这问题表面上自明,实际上是一个形而上之问,程大宝目前作出的回答是"开出了一桩桩善事",我想这是无尽回答中之一种,而绝大多数诗人毕生所致力的正是穷尽"蜡梅花之问"。据我所知,程大宝恢复诗歌写作时间并不长,短短几年,就要出第二本诗集,值得祝贺,更值得期待。

二〇二一年三月二十日

第一辑

雪地的起伏者

雪地的起伏者

雪,沾到我的肌肤就融化
落在女贞的叶片上,增加厚度
像来自季节的轻轻一拍
像冬天突然睁开眼睛
像一只虎遽然隐入白色的帐篷
承受着如期而至又猝不及防的白
身边匆忙者,踏雪而去
身高起伏不定
空留脚底网格状的黑

雪的咳嗽声

雪被万物,掩饰所有挣扎
灯映飘雪,回忆去时
蜡梅开出一桩桩善事
落雪让我们想起平日里疏忽的人
那就把柴添上,站在灶台旁
火,压住柴,火焰飘出窗外
它与雪的交谈我们不懂
我们天生畏寒,困境里才会下雪
悲怆时嗓子眼塞满雪球,只是
庭院的那棵柏树,摇晃着僵硬的身体
一阵阵细碎沙哑的坠落声
像我们咳嗽不停的老父亲

温暖的背面

雪花能从没关紧的窗户缝隙走进来
我们不可能,我们睡得那么熟
雪花能把全部的自己变成眼泪
我们不可能,垂泣的声音那么轻
雪花啊,她又吸走所有的寒,成为
冰,我们也不可能,她总在温暖的背面

内外都开始飘雪

我们抬起心中的石头
雪,开始下起来,多像漂洗过的尘埃
是本质的另一种面目
两座山张开怀抱接纳一条石阶
那上面正堕落的精灵多么美好
我们雕琢内心的石头
齑粉与火星在体内下起雪
我们一步一步登阶,内外的雪
似乎都不能原路而返,但它们
没有惊扰任何人
山顶的佛寺在雪中缓缓吐纳
钟声是一条卸除的绳索
我们放下心中的石头,孩子们
早已在寺院里堆起了生动的雪人
一个雪人,一个石佛
他们不是假的,是像真的

对应雪及其他

四肢着地,天,雪下着
我模仿虎,想象着满身斑纹
是对岁岁必然来临的映衬
寒冷忧伤般的寂静,顾影自怜
用万物固有的黏性,以丈量的规则
重塑我年轻时炭笔临摹的轮廓
我被你勾画出的毛发,渴求着
你这一片片的惊喜与苦楚
你这一片片的淡甜与辛辣
看你调和着必然泄漏的蜂蜜与芥末
登楼台,赴山谷,挂满檐角与枝丫
但,为什么你没有一个亲切的名字
像一群无人召唤的孩子
我半枯半青,半黄半黑,不敢返乡
空留烟囱四顾的炊烟
但你,不必自责,你的寒冷是虚构的
很多人汗流浃背收获着喜不自禁
你的真伪不需判断,看你自高处优美一跃

那么决绝地投入虎口的油锅,那种爆裂
像豆浆机翻滚的浆汁
像断电时一阵无奈的低吼
为什么

转述

雪撒如转述
土地收割后无奈的慌张
如一条跃上雪岸的鱼
遽然洞彻而僵硬

小雪中的教室

我一点也不担心今年的雪会覆盖校园
向晚的落雪稀疏得像一对老夫妻在冬阳中的话语
或许是我们所在之地,高度不够
温度不宜,雪粒达不到应有的硬度
那也好,那就会雪落无声
以供学子们静思、神游,踏薄寒访友
天空晴好,我们偶尔能看见远远的神
他们在教室的上端修葺着云梯
好在灯泡爆裂时,给你换一个新词
好让洁净的教室又有思辨的光亮
窗外的雪粒沾地即融
我看见专注的学子们头顶涌出汗珠,升起雾气
一阵风吹散了它们
一阵风又让他们汗流浃背

第二辑

雨前,雨后

雨前,雨后

我坐在窗前,像在等着什么
天气预报说有暴雨,我知道
正是这种惯常改变着一切
闪电挥动着鞭子赶来厚积云
像一位内心悲怆的人,哭得
昏天黑地。当他擦干眼泪时
天就大亮了

雨前及雨中即景

跪倒在先人的祭坛,正是宣读着站立的陈词
屏幕里活着的亲人正擦去生活中的印迹
一桥如感叹,怅然跨出
负荷过桥,肩上是一担一生的来去匆匆
吱吱叫的木桥释放着久蓄的疼痛感
子子孙孙的谷粒也如晚归的鸦雀叽叽,及至
你在云中登高,山谷日渐消瘦
树梢上的苹果等待缺口,砧板上的坚果等待一击
云朵飞离将响的雷声,暴雨晨读般书声阵阵
湿漉漉的孩子们,站在屋檐下
嘻嘻哈哈谈论着雨滴击打尘土的共振

雨中

猝不及防的雨来了
很多人开始仓皇奔跑。细观那些
有准备的打着伞的人
雨滴击打在多色的伞上像语言飞溅
有一种科幻的味道
他们中有我们称为的坏人和好人
但雨击中了每个人
远处灯光暧昧的花店里
依旧有购花者和软绵绵的讨价还价声
眼前的亭子里有一帧半跪着献花的剪影
这位献花者又是谁
一阵急促的车鸣声惊醒一只乌鸦
它一折身飞入雨中
像献给爱和审判

雨中校园即景

人声鼎沸,暴雨仍续
走出教室的学子像一行行文字
在暗夜里闪动,如行文中的注解
灯火明灭,雨在敲打着他们
像接受神赐予的欣慰与告诫
与阑珊的校院累叠而又疏离
不远处,有几对恋人激情相拥
有几个身影踯躅徘徊
一盏路灯下,有一个人一动不动地接受雨的洗刷

雨中枯苇

踮起脚取下挂在墙上的时钟
窗外的雨仍在下。现在是秋天
嘀嗒的钟声也增加了分量,可能是因为
雨水,也可能是门前的那条河在雨中
突然茂盛、生动。行人匆匆,小河凝神
风继续吹,雨持续下
水边芦苇枯干,仿佛执拗的失意者
任凭雨打风吹,仍旧
空举一排排不甘,一簇簇箭矢
多么幸福而坚定的挣扎

梅雨时节

没有意外,但有惊喜,转瞬又
怅惘。比如啜泣、低诉
比如轻抚、耳语、清洗,比如
回味跫音,秘密,推开窗时的空白
地上的行人少了,地下
定有深埋的不绝絮语,比如花落尽
枝头悬满假寐的词
如果我们书写,它们会睁开眼
一群孩子光着脚丫踩在翡翠的草地上
他们在地上,也在空中
他们高举双手,满身润泽
询问每一个路过的行人
手提箱里是否装满梅雨

反向故事

雨声是往事的絮语
是我们对来日的不能确定,这样
我把结局当作开始来写
泥土开怀消解了雨水
枝干上的一些枯叶也会张开碧绿的嘴
这时候,我们会出现趔趄
湿滑的印记一定会留在身后
抬眼看,穹顶如盖,云如圈马
我不是一个踉跄的开圈之人
拐入巷,风如急归之人
躲不躲闪,也会撞个满怀
至河岸,柳枝舞蝉鸣
湖面如泪目,越擦越模糊
立桥头啊,我们的亲人如蚁归巢,空留
一道道弯弯曲曲的黑线,可想见
如果没有雷声引导
开始的雨是多么迷茫

第三辑 我经常念起的孩子

我经常念起的孩子

坐在草地上
没有比这更深切的柔软的体验了
风吹过来,一棵棵小草转向我
像我们永远的辨识
而后顺势靠在我身上,是我
经常念起的孩子

落雪之夜

一开始是尖叫,声音那么
年轻。紧接着是惊呼
是雏稚要急切投入一个怀抱
再接着,一扇窗户亮起灯
一个梅蕾般的小女孩跑出来
仰面朝天
奇怪天空怎么下起她的心里话

放风筝的孩子

她们一定能看见花开的呼吸
树梢上抖落的阳光是她们之间
的和解。燕子斜飞,她们话语的标注
一群放风筝的小女孩
混淆了高飞的燕子和风筝
她们汗津津地存在,如早春的温润
她们不说话,紧紧拉着一根线
控制着飞翔的风筝和燕子
那些我们看不清的连线,逐渐消融
成为另一种既定的存在
野花雀跃,把芬芳的财富分发给每个人
间或飞出几只蜜蜂几句嗡鸣
这是她们理解的一个又一个春天的复盘

黑鸟

她站在那儿等,我的孩子
闪电遽起,暗夜里粉白的墙是一张
惊悚的脸。糖很甜蜜,周围很甜蜜
连黑夜都有了蜜糖的味道
一只,两只,三只……数十只黑鸟
飞过来。那彻底的蜜糖黏稠的黑
被搅动,这是黑鸟翅尖的风声
是借由黑夜一次彻底的暴露和隐藏
闪电一次次顾临,不时自省
你站在闪电出现的位置,透过
洞开的黑夜,明了瞬间即逝的答案
在闪电的间歇时你振动翅膀。黑夜
感知你将说出的秘密:飞离
但,这不是消失,只是越过,而非
掠过,是一只黑鸟撞见另一只黑鸟的
归途

我的孩子

一定是误入一种领地
比如踉跄,比如跌跌撞撞
比如蜜蜂单一嗡嗡的言语,比如瞬间
趋近或者飞离的悲喜
一群孩子所经之处即刻长满葱郁的藤蔓
清溪,游鱼,桃花和田舍
还有隔岸的鸡鸣犬吠
她们手里只有一支笔,一块画板
随心涂抹一片碎花点点的草原
邀我放牧,流浪,丢失自己
在一侧铺满阳光,青草和虫鸣的山坡
我把她们高高举起
她们能听到世间发出的一切声音
看见剑锋划过笔锋的柔情

暴雪没有如期而至

预报的暴雪与落下的雪差别
那么大,很多人翘首仰视合肥的上空
冬日的阴天没有夏日团簇的云团
没有夏日大哭一场后很快风干的碧蓝的脸
此时,无风,只有稀疏的落雪在空中
一边厮打,一边祈祷,以
近乎垂直的姿势,停歇于路边
葱茏的香樟,枯零的悬铃木,以及
列队等候的塔松、女贞子、紫叶李
在铺天而来的岁末罗网中
那些被捕者挣扎的差别也不是那么大
女儿站在窗前等我回家
零星的雪片落在我的顶项
它穿过我的发际,竟然有
微弱的挣扎和低吟

放羊的孩子

她放羊,她走在山岗
满坡的青草像翠鸟落了下来
此刻,羊咩咩于草丛
极目是我们祈求的延祚,而来客
是山水间的连接
保持这种画面,只是一只叫咩咩的
羊,被撕走
这种事情经常发生,撕下的
一块画布,成为火引
一口大铁锅沸腾,香气蘸满色彩
人群缠裹清风,杯盏碰出逶迤的话语
只是,一路哽咽着跑回来的小女孩
突然,四肢着地,啃噬院内新长出的青草

张开双臂的少年

在睡眠中,我的身体常常发出一声
清脆的枪响。醒来时我看见一位
因一只蜜蜂的死亡而忧伤的男孩
我指给他看一条船在水面莲花般盛开
那个少年在岸边情不自禁地张开双臂

种植

树枝轻抚树干,我怎么也想不到
一棵树居然长到可以破坏天空的景致
修缮,这个词遽然涌现于我的脑中。但
我没有铸铁,没有炭,没有砧铁
无法锻造修缮的剪刀。那就种上
藤蔓,带刺的最好,让那棵树
有一些畏惧,收起时时欲飞的想象
女儿却在我家的屋顶开垦畦田
种植风,种植对话,种植柔软
种植遥不可及的距离
风,吹落片片花瓣以呈词
她种植在窗台的一株金银花在月夜伸出手
轻柔揽住另一个窗台的金银花

女儿的疲惫

头顶吹过的风,拉起我的头发
像久违的呼喊
其实是我在校院路遇下班的女儿
她像一只蚂蚁,托举着大于自身重量数倍的
生活。图书馆垂挂的巨大牌匾略显疲惫
途经之时,她想卸下或者获取一些疲惫
可只有一些气息从字体中缓缓吐纳
太大的世界有时会变得很小
像一个在云端训导我们的人,但疲惫一直存在
她的疲惫像是受过抚慰和教化的

最美好的样子
——给女儿

你像儿时的戏语突然让我感动
多么像你开始对今夏清凉的临摹
看着一只落单的蜜蜂,你喃喃低语
向无限,求一个你不理解的善和生长
这大概就是孟夏最美好的样子

路遇的婴孩

在人群熙攘的大街上
我看见一团光,飘忽而来
那是一位年轻的妈妈,牵着
一个蹒跚学步的孩子。他
似乎没有性别,只是一团光
他似乎有一身绒绒的
鹅黄羽毛,浸吸着一切暖意
他把刀锋的目光划在每个事物上,他
咿咿呀呀说着我们最初的言语
他叫每个路遇的年老男人、女人,爷爷、奶奶
他称每个年壮男人、女人,爸爸、妈妈
那些年少者都是他的兄弟姐妹
他指着一只流浪狗说是马
我说被沥青裹挟的马路是可供奔跑的草原

第四辑 茶枝上的新芽

茶枝上的新芽

完整的杯子刚好够我容身
茶叶是我的将醒未醒
门外的鸟鸣声正好,孤直的炊烟
恰好隐身于厚厚的积雪的屋顶
门口的一双鞋子,陈述着
父亲还会去即将冒出新芽的茶园
母亲烧起一壶水,同时在厨房里洗刷餐具
洗刷着积垢的杯子和我
一双手就是一畦茶园,惊蛰已经来了
我还在做梦,翻看着旧账。而
父亲已经穿好鞋出门。灶上的水已经烧开
那蒸汽击打水壶的金属声惊醒了我
看茶枝像磁棒吸附铁粉,竖起一根根
锋利的针

竹林中折返

折一竿竹,折断山坡不舍的牵扯
折断内心虚空的余音袅袅
竹动如手势,竹静似凌空
乘余温尚存,驯鸟人没有走远
青涩的粗粝如羞涩还在
去皮,打磨,钻几孔迫不及待张开的嘴
灌满台词与历史剧的场景
去除妖娆和摇摆,打马踏浪而过
怀揣竹笛的人,没有风过竹林
你就折返

向晚河边的柳树

柳树冒领一个过路人的身份
向晚时踮起脚照河面的镜子
多么像翘首等待又极力掩饰的人
总有人知道原因,但他们不说
这个冬天,抱火而眠者其实不是
为了抵御不请自来的寒
也不是不戴面具,是躲藏在所有人的面具之后
词语中也有电阻,所以我们懦弱
所以我们把自己的小彷徨藏匿在即将到来的大悲悯中
在这个大中,我们可以荡漾
荡漾一天叫徜徉
荡漾一季是忧伤

竹里的梯子

每一竿竹里都有一架梯子
这样,我们才明了竹的一生就是登高
登高其实也很随意,就像我们的
拾阶而上,一肚子层叠的言辞
早开的花有时就是一种乞求
蓝天高远,云朵悠闲,人影若隐若现
仰视,眼前的人都架在摇晃的竹上
俯视,无影,唯闻竹林深处啄木鸟笃笃的敲击声
肯定又怀疑,像有时的遣词
我们一遍又一遍地踩着稀疏的竹影
忽然有了一种劈开自己的想法,而
几株枯竹已经爆裂
把那已朽的小梯子安放在巍峨之上

田野的棋盘

树枝摇曳,提示风将消失
梨花落后清明雨
树那边传来鸟鸣的声音
它们不关注今日的鸣叫与去日的不同
所有劳作的人像落在棋盘里的棋子
溪流舒缓,他们移动
如我们想象中温暖的擦拭
春树暮云,人们直起腰
洗净脚上的淤泥走上田埂
像谁重新摞起棋子
那些凡俗和庸常者获得上天的垂怜
高贵和亮丽者沐浴一阵清风

夜晚,寺院旁的一棵树

黑夜里长出一棵树,它不是
树。它站在一座寺院前
像一位护卫者,也像一个
窥视者。它一言不发,顶着
厚重的黑。有人经过
它有时半睁半闭着眼,有时
只是轻轻晃动一下身体,间或
有一些无声的落叶。但
没有人注意这些细节
他们说说笑笑走过去
不担心它以及它的影子会压倒他们
更想不到它会发声,说出
一个词,而黑暗里所有的树叶
都在表达

一直站立的树

想一想,一棵树一直站在那里
一生只写一个字,但画面
会有好几幅,像无心的注解
我却静不下来,一直在移动
路灯下,踩着自己的影子
仿佛踩着一些无序的字,杜撰一篇
杂乱无章的自述。但那棵树
仍然不动,看我在路灯下踩自己的影子
看我接近另一盏灯时,影子从
身前跑到我身后,仿佛
我迅速摘下又戴上的面具

一颗新芽

我走过的路上突然顶出一颗新芽
昨天那里还死寂如一篇初稿
今天就听到词语出走的节律
也许是一种常见的交换吧
它把土地的夙愿转变成可见的表达
那么,就让我蹲下来看看它
它好似远离了自己的同类
像一只孤独的小羊
独自贪婪而哀怜地站立
它有两只椭圆的、翠绿的眼睛
有盲人和失聪者的坚信
世间有黑漆漆的温暖和冷冰冰的笑靥

楼下的香樟树

从七楼看一片树林
看它们相拥或者覆盖
有几只白鹇,乌鸫和灰喜鹊的标注
对应着点点滴滴重叠纠缠的云朵
在晴无的穹顶
反复斟酌,反复删减,反复修改着
天空中阔大无序的文章
其中一棵香樟树
像高举着半握的拳头
积蓄了绵韧的修正之力
用低伏的影子填充着周边的虚空
像我们用旧的日子
留有温度,叮嘱和包浆
像括号,像宽容

窗台上的一盆绿萝

园艺大师告诉我
绿萝是最好养的植物
它不要太多的光,也不要太多的
水,但它要风。所以,我把一盆绿萝
放在有风的窗台上。风吹得叶片越来越绿
风吹得枝条越来越长
像我们紧拉的一寸一寸消失的光阴
有时候,风遽停
那些枝条还在摇晃

院里的一株桂花树

那一株桂花树,白日清秀
夜晚穿上御寒的呢绒大衣
微风起,如一位柔软的等候者
坐入芳香惆怅
香气瑟瑟,像
我们缓缓倾倒的投怀送抱

一株幸福的栀子花

一株幸福的栀子花
她的幸福在于她在无风时的愣神
她傻傻地想着自己的心事,无察
绕着她的嘤嘤嗡嗡的蜂蝶
一位少年走过来,她的香气像泼下的
一盆水,不偏不倚浇在他的身上
少年一脸惊诧,快乐消融在栀子花园的
深处。起风了,栀子花睁开眼
她复瓣的睫毛之间有了共鸣
在林中,在空中,在心中,眨动她
满树洁净的眼睛。没错
这是她一年间最委婉的表达
有重音,有轻音,有轻重音的交替
像极了盛开的欣喜和凋零的哀叹
风摇花枝,花瓣落成段落,香气成为
隐喻;风,成为隐喻
少年已经穿过花园,走在更远的路上

风中的麦子

一条路伸进风声喁喁的树林,静止不动
一畦麦地碧绿地围拢,一株株麦苗
像一群欲飞的孩子,那夏日赤条条急于
跳入池塘的孩子。农人星星点点
手握鞭杆,照看着即将变成金色的孩子
他们吆喝着,像机梭,穿插得越来越快
想把自己也织进金黄。风吹麦浪
麦穗顺从,秸秆执拗

野山楂

我现在没有故乡,我
随着无序的脚步到处行走
我做过错事,所以
我落叶。我有时心存善念
所以,我开花
我结果子,是为了给自己一个
说法,有虫子啃噬
那是我们都应该有的印记
有风雨来临,我在枝头
用酸涩,荡着渴求的秋千

第五辑

风从内心来

风从内心来

风从内心来,是埋在泥土中的
种子,胎儿般做着立春梦
脐带的龙卷风在羊水中悬立
大风扬尘,吹起命之源华奢的颗粒
及至童年,我们常在霾尘中辨识
那些浑身沾满灰尘的同伴,仅凭借
齑粉中的微光。而父辈们
抛起根根麻绳,束紧被吹起的屋顶
又用木棍撑起或许会坍塌的土墙
一阵阵的烟尘被他们扬起。只有那
陈旧的木门在大风中苦苦挣扎
吱呀着关上,又吱呀着打开
不远处浑身震颤的稻草人,满目悲怆
嗅出了遥不可知的沥青的味道

囚禁的声音

雨滴击打着枯荷的边缘
那因撞击而成的碎裂,是
一只只迷途的羔羊,它们
终于被释放。那些细碎的
眼睛,夹裹着不可言说的穷尽
将过往投往岸边的脚印
追逐的终将追逐
不要惊诧那些幸福的舞步
万物自有相通处,只是
声音囚禁在无言的哽咽中

你的

你的方言不是你拥有那片肥沃的理由
你的遗传性也不是你唯一物种的标记
你的改头换面恰好验证了我们是如此熟稔
你的无意应答是我巩膜上的擦之不去
你的疾病是我起身的齿轮转动
你的风吹草动是我的戒备之心

出生

人无季节吗?仿佛都能
随时出生,仿佛是我们为所欲为的证明
墙头上的瓜藤只有来春才会返青
瑟瑟发抖的菊花理解错了季节的预知
马尾松竖起沾霜的胡须,偶尔也咳几声
远处公园静寂,像人类的安全期
庭院里亮着灯,母亲的花期已过
她察看顶雪的梅花,欲言又止
灶台上将沸的水壶嗞嗞发声
唯有时间风平浪静
时间不管万事万物的出生

人生故事

我们都是这样活在一个故事里
有时候,各自负气跨过几个章节
这样就打乱了先前的构思
那些挣脱的将就未就,像垂悬的槐蚕
这时候有风吹来,翻动书页
很多人在图书馆里翻看剧终的情节
槐树上的槐蚕也在风中来回荡
兴奋,惆怅。懊丧,激昂。抬头或者俯首
也有一直注视着前方
此时,我们面前成为一汪海洋
书中的海鸥飞走了,只剩下那些游鱼的字
贝壳类的标点,而图书管理员
重重地合上那扇朱漆的门
唯有关门声涌过来紧紧抱住我们

无来由的爱

突然觉得步履轻盈
像进入一个圈套,像梅花被雪死死按住
像我们无来由的驻足,回首
你说的爱有时就是盛开与枯萎的重叠
有时就是在母腹中的突然夭折

轻声的喊叫

挑选西瓜时母亲总是轻拍
那嘭嘭的声响我们熟视无睹
此时的她却像一个幸福的新娘
回家的路上母亲满面春风
进门时她怔怔地看着我们
我们却围着她催促切开红瓤的西瓜
在那些甜蜜突然崩溃之时
母亲说她能听见西瓜子轻声的喊叫

不解的张望

看着熙熙攘攘的人群,衣着光鲜
那分明是我们逝去的往事
蓝天高悬,悠然起伏
多么像所有生命体的胞衣
唯有龙卷风出现
让你直视自己的出生而局促
忧伤,是羊水在风暴前溃破时不解的张望

疑问

窗外漆黑,雷霆在滚动
那么厚的黑压着屋顶,没有破裂
一阵轻柔的敲门声打碎了这无垠的静寂
他不自觉地伸了伸腰,有鱼击水的感觉
昨晚什么时候关了灯,他不记得
眼下,打开灯,他那么迷茫
他不明白,只是手的伸出和收回
怎么就成了黝黑与光亮的通道
只是伸了一下腰
深重与轻漫会被瞬间串起

我看见

我看山火燎过枯草而葱绿
我看刀刃嚓的一声掠过石头而锋利
我看见花瓣飘落而众生等待
我看见一座桥——
那大于湖泊的银色骨架

内心

你的表情是你内心无法表达的无奈
是的,很多时候我们都理解错了
所谓表情,只是短暂地遮蔽了内心的光
好让那些检察者暂时自慰
好让那些相爱久了的人忘记曾经的搏杀
只有似有似无的精神按摩

走在路上

走在路上的人仿佛都自带栅栏
不知道我们侧身而过已然建立了某种联系
迎面而来的姑娘目空一切
她要背弃的是我们结在栅栏外的果实
而且,那么多蜜蜂嘤嘤授粉
一群鸟飞来,栅栏会微微摆动
除非那是一只有连线的纸鹞
路边寺院,一个僧人打开栅栏状的门
他也不去理会所谓的初衷与终极
公园里,兴奋的孩子在动物间跑来跳去
仿佛一切不应该有疏离,只有
笼子里的猴子在述说栅栏的合理性
豢养的老虎在述说栅栏的必要性

风中落叶飘零

你我都曾路遇暴风
漫天树叶飘零,我们突然想起什么
但又什么都不能忆起
只见它们飘起,落下,惊魂未定
像失散的孩子,拉不住风的手
像七月十六日的今天
随时挣脱,又进入随机的明天
包河边的寺院若隐若现
不时敲响的钟声与风纠缠在一起
那些树叶仿佛被牵引
一片片倚靠在墙角,像
等待训导和皈依的人

天放晴的时候

天放晴的时候,没有哭泣之处
你只能侧过脸,看一些事物的源头
所有的事物且行且歌,像斜飞的燕子
但这沉思者也无法摆脱翅下的阴影
不要说晴日无伤悲,伤悲也会开花
你我多年后街头偶遇
你回头问安好,安好会失落在你
身后。不是无意的遗失
但你我绝对捡拾不起来
几日不见的阳光从门缝里挤了进来
像一条探出头的蠕虫
像一部老电影的回放,我们能否
重新描述一下自己

两股先于我们而至的风

早晨上班,我拉开门,蹲下身
系好鞋带,然后带上门
一阵风缠绕着我,久不撒手
对面的邻居,带上门,然后
躬身系鞋带,那阵风
就在屋里砰砰撞击深锈色的门
我们同乘一部电梯下楼
屋外,那两股先于我们而至的风
像两个蹦蹦跳跳上学的孩子
仅此而已

被风关上的门

门被风咣当一声关上
父亲觉得这个场景如此熟谙
他现在有点懊恼,不理解刚才
为什么没有伸出手阻挡被风关上的门
楼道里的灯散发着微弱的光
此时被风关上的门像一幅招贴画
他竟然走入画中,轻易地开合那扇门
那开合中咣当的声音如此悦耳,以致他
看到了一拨又一拨人的进出
钥匙此刻已成赘余,风,似乎无处可逃
而他,开始来来回回追风
咣当、咣当、咣当……
他开始喜欢上这种游戏

第六辑

多么美好

多么美好

干净的空气多么美好
天空中旋转着的雪花多么美好
它传递来我们平日忽视的密语
序曲多么美好,看那即将展示活力最盛的胴体
心中的波浪多么美好
你用坚硬触碰那种柔软多么美好
看不见的东西多么美好
那是最本质的万事遂愿啊
无效的劳动多么美好
其时一双会流泪的眼睛是多么美好的预设
相信一个假背叛的人多么美好
你看,他一定会离你而去又突然转身
学会攀爬多么美好
及顶,我们匍匐下来,终于看清相对和相向
楔对锤的痛恶而不舍多么美好
那是我们因疼痛而旷达的美好标签

人间二月

二月的雨像踩住地雷就永远不能抬脚
坚定而无奈把我们漂流成河
那些漂走的,剩下的一直计算着
你我内心世界的最大公约数
细雨如喉咙里细微的咕隆声弯弯曲曲
逼迫我们仄身让出又一次迎面相逢
只有枝尖嫩芽在竭力顶破过去
用怯弱和纤小向头顶示弱和禀报
乍暖还寒之时它们也会望而却步
清风吹来,你是相拥还是拒绝
二月啊,这把剪刀又在那么自如地使用

二月天的农夫

泥土开始呼吸

深埋的虫鸣裹挟着细雨声涌进窗户

像一位孤独的农夫从地里挖出红薯

树影摇曳,纠结于将至的暖风与严寒的替换

纠结于泥土变成食物,铁粉变成刀

纠结于它们形态的改变对世事的益损

天使的翅膀是形而下的彰显

形而上是它们的飞翔

是它们死也要死在路上的我们看不见的影像

它们属于农夫,像慢电影

让我们胆战心惊,在二月的绝境

当农夫让锄头与红薯相遇

请抬头仰望星辰,把其中的一颗当作它的灵魂

我爱这初春的校园

我爱这初春的校园
夜晚,安静得如合上的字典
在幽暗中拆解着力学的字词
寻找着发芽的最佳路径
我们能嗅到蜜蜂寻花的气息
晨曦初展,欢快的学子们像字词重构
像牛羊拥入草原,晨鸟感受远神的提醒
人人都能感受到嫩绿的亲切
天空中安放着召唤的灯盏
很多人站在高处曲掌呵护摇摇摆摆的火苗
孩子们在高空中骑着粉色的车
像滚滚而来的春雷,像滔滔而去的江水

走进古旧的图书馆

走进古旧的图书馆
似乎有很重的阻力
我看到左右的人也是摇摆不定
书架上有些书是新的
它们发出年轻的声音
也长出新芽,尽管
旧木的淡香和墙土的朽味混合,尽管
有些窗户推不开
但书中还是掉落脆响的玉珠
它们慢慢滚动,甚至穿过了墙壁
如丝丝微风,形成摇动杉树枝条的合力
而室内一排排书架旁
一位缄默的银发老者
正在用刀、板、尺、锥
把一些厚重的旧书重新装裱一下

感谢他们

许多事物都尚未命名
犹如破镜面之湖的石头抛出之时
你说是悲伤还是怜悯
看那个手握薯片的孩子
他的欣喜似乎是同红薯一起长出来的
红花绿叶包裹着他
他,不知道感谢他后来的脆
一位老者起身后,没有拍去粘在衣服上的
灰,只是对着湖面挥挥手
他们相互背负,快乐相见
而我,站在桥上
用过去的青春感谢他们

月下睹物之思

又是月圆之际
晴空,我说声谢谢
阴雨时我会说声对不起
多云之际出门我会整整自己的衣衫
今宵却是那桂香下的彩云追月
银质的月一会躺在云下酣睡
一会蹦出云层,如玉佩叮当作响
多像我儿时躺在奶奶铺整的炕上
木窗外有影人踽踽走过外婆桥
有犬吠,有花猫喵呜,有摇篮曲稀影阑珊
似往昔在银盘上细浪铺展
只是偶尔我会在梦中遗尿,会在温热
却又如陷泥泽中醒来
但是,看到的人越来越少

恰时，我们炊食

咀嚼着口中的米饭，我
听到它们的一番肺腑之言
那是它们生长中省略的一部分
我们佐之以菜肴
强迫它们共处，强迫它们
交融且无间，思同源
于狭窄之处共振，起舞
有油盐的鼓点，灶火流畅的音乐
有炊爨之人时隐时现
还得有酒啊，但是
我们必须碰杯，只是那些飘走的声音
又代表着什么

九月

九月,敛
九月在内心放牧
那些银河星辰般的牛羊,是我们
一直没有说出口的话语
只有挂满枝头的果实说出花朵的心声
它们前赴后继,像泥土融入心河
秋高气爽啊,果实有了难得的睡眠
我看到内心最强大的光
悲怆地拥它们入眠,微风遣词
牛羊涌动在高高的山冈上
谁也无法道明,为什么
花朵梦想九月
果实悬挂在九月
年年岁岁都有九月

回家

只要向着一个方向行走,我
就会不自觉地狂奔
我喜欢自己的影子越来越长
喜欢自己的影子被锤得越来越细
像一根针,缝合被我踏破的小径
像鼓一样充满弹性和声响

第七辑

虚构的你

虚构的你

你所说的极致光滑
不是玻璃
也不是钻石
更不是你软香的呼吸
而是丝绸包裹着的你
以及我内心虚构的你

谈什么爱呢

谈什么爱呢
不如在空地里栽一株梧桐
我们给它培好土,然后
坐下来求雨
雨来的时候,梧桐成为我们的
梯子。似乎是我们一生的奢侈品
但不能登高,只能用岩粉
涂抹自己,成为舞蹈着的观望者
不时的敲击是必要的
时而的低吼也是必要的
而不是只看见那远远飞来的凤凰
犹如在拯救将离的春天,以及
没有驻足就瞬间飞离的某些景象
它们从我肋间的窗户渗进来
提示着花期将逝
即使,你用爱购买一个季节

说爱时,也有微恨

窗帘缓缓摆动
是谁轻轻走了进来
是谁用不可见使我同世界发生联系
令我如万千世事总该归隐
多好啊,这就是我的日常状态
逝去与往至,如清风。而
系着窗帘的彩带,让我看到风的样子
其实,风是绿色的火焰
只有它的燃烧能让你那么快乐地摇动
如拂城池、山川、茅屋,如拂内心建构
我们凭栏,远眺,闻巴山夜雨
不厌秋池潮涨潮落。但请原谅
当我说爱你的时候,恨也溜了进来

有时候也想流眼泪

有时候,就是想流眼泪
看看天空,司空见惯
看看身边,都是熟悉的人
那波光粼粼的湖,还是一篇没有标点的
文章。不知是遗漏,还是有意为之
这给我们的阅览多了一些可乘之机
春始,你会不解文字的零乱生长
夏临,那些文字似乎站错了位置
秋至,躲藏的文字使你对世事一无所知
冬来,你阅读湖,会说:是石头
是一个整体,可以一口气读完
但你可能要融化了。感谢
那一阵来自冰川的寒风
我们又能够相互体察对方了

月下发呆

看着漂亮、鲜活的姑娘,我觉得
自己是个旧故事。故事旧了
容易停顿。但,停顿不一定就是
坏事。我们踩一下刹车,避让
激灵而过的松鼠,叽叽而行的鹅鸭
停顿会换来一颗松果,几声嘎嘎
听音乐会,有时关注的
不一定是音乐的流畅,而是
它突然的停顿,像一句善意的提醒
我们都有这样,或者
那样的疾病,这也是停顿
疾病会让我们安静,让我们慢慢准确
辨认出耳边的每个细节、每个声音
你看,空中的那轮明月
它停顿在一只巨大的手心之中
感受一切圆润事物的粗粝之心
体味粗粝之手特有的柔润之安抚

可以说,也可以不说

时钟在墙壁上嘀嗒
你推开门,是怕迟到吗?
有一种病在等着你
仿佛我们正走在回家的路上
其实不是路,是迟疑
你听,雨敲打着门框
像忏悔和诵经
谁也不想老去,但已经老去
谁也不想那么快就抵达家门
身边都是同一韵脚的乡音
我们边走边聊,落山前的太阳
开始踌躇,欲言又止
不想在黄沙中就此作揖,而
山河不言,夜幕抖搂
该说的话,可以说,也可以不说

让我们回到 1998 年

让我们回到 1998 年
年轻的年份
长笛、提琴,马背一样的钢琴
我们体内翻滚的音乐
会在眉角开出一朵朵菊花
让最幸福的雨持续下
厅堂里亮起辉煌的灯光
心里的秘密与之形成最强烈的反差
我们话语明亮,身体结实
拥有超验的预言才能
我们坐在预留的空白处,一直是我们
那天最后一句话是我说出
你们理解,或者不理解

民谣

民谣,告诉我被抛弃的理由
你在护城河下挖掘防护的沟渠
那是你抽象的思维,我是
从这里被抛弃的吗
民谣,你是点燃的蜡烛吗
烛焰摇曳,蜡油沥沥
故乡为之一热
民谣,你欲自己抛弃自己吗
心里浮现一座山丘,想象着
自己定能越过山丘
用一张纸作为铺垫,一路
卷曲成画轴,再展开
一幅笔墨丹青的清冷
民谣,你是大雨如注吗
你反复放映着雨中的黄昏
在檐角下跺着脚,豪饮微醺
天空有布景撕开的声音
诗页对着竖琴,雨后的味道

满是拒绝、自持与放弃
一路上,是你嘶哑的覆盖
你呼吸的微小的风暴袭来
稀释我浓度不高的本质
我不知道往哪儿流淌,民谣

第八辑

我们涉水过河

我们涉水过河

我们沿着河水逆流而行,它们有
柔软的抵抗。身后的聚合是
它们的多种语言,因我们的涉及
而终于启开尘封的口。所以
它们感谢我们,让跃起的鱼
同我们一起试着回忆温暖的四月
我知道这些感动只出现在小局部
更大中似乎无序,仅有前行的推力
像一根绳索试图慢慢捕捉,然后
一个一个打起结,把一张大网撒出去
收获我们无法看见,也无从把控
此时微风轻拂杨柳
我们上岸,路经再次绽放的夹竹桃

黄昏来临时的路灯

黄昏来临,路灯
像一个个被惊醒的觊觎者
它们内心有看不见的痉挛的电流
但,躁动的行人隐约可见
此刻,他们的肢体有异样的夸张
像乌贼在人间喷吐夸张的墨汁
路灯和电线也是另一种面目
它们的关联如我们打开一个快件的纸盒
隔空而来的是否为我们当初真切的想象
一个蹒跚老者抬起白日悬垂之手
合上隐于林立高楼一角的电箱
邋起的灯光如笔端捉摸不定的描述
诱飞蛾将灯罩撞得砰砰作响,空留
斑斑点点毫无意义的想象

一个人走在路上

一个人走在路上
这种心情真的难以表达
车来,人往,只有那些站牌不动
像在等着某个人
我想站立,可路推着你走
像在戏台上甩开长长水袖的旦角
预示着那嗒嗒的马蹄声将至
身边匆匆而过的人,都低着头
似乎前面的人总有遗漏
似乎偶然和必然是一个大大的气泡
一切那么大,我漂浮其中
时间的风吹着我,也吹着所有人
仿佛我们对周际的事物并不了解
一个老人在公园一角打着太极
像我惯常又迷惑的一日三餐

河边行走

什么话都不要说
什么事也不要做,甚至
你可以闭上眼睛
沿着河边一直走
在土壤最肥沃的地方,一定深埋
根根白骨和尊尊祖宗
那就是水面波光粼粼的原因,以及
人声鼎沸的发源。岸边那么多藤蔓的纠缠
像我们的血亲,其上的花不是开出来
是沿着血管挤出来的
有时,风,吹落几片花瓣
那是我们一直寻找的缺失部分

慢慢发光的路

鸡鸣,狗跳,我恰好在它们中间
我是静止的吗?
静止,我也没有注意它们的表情
就像门前一直平躺的小路
一只鸡看到地上的谷物,一只狗
看到路那头荷锄的归人
它们突然停止了喧嚣,在侧首倾听
它们眼睛里发出微光,把鸣吠变成温热
然后像微风轻拂落叶聚拢
如我们常见的软弱和缺点
也会沿途开花,如牵牛对栅栏的依赖
归途中有它们,所有陌生人,可以不迷路
那些路会慢慢发光

大暑,去某处的路上

路如长鞭,需鞭挞才有痛感
炎热啊,一次次挤出我们多余的水分
抽不抽烟呢？可不可以缭绕
可不可以如路边青柳扭腰摆臀
重回我们初春的青涩和简洁的杀戮
行人随机排列,各表其意
言辞吝啬如飓雨来临前短暂的闷热
穹顶倒扣,万物如惊蚁试探边际
打探我们从来没有真心选择的一切
此时雨至,众人如蜂群四散
一切如突然暴露时的恍惚
唯有阵风吹拂,柔软与柔软纠缠
引导干涸的路面饮尽雨水
深埋的地铁吞噬我,如烹小鲜

在傍晚快步行走

傍晚沿着黄山路快步行走
树枝招手,人如惊蝠
我的无序脚步应和着地下无形的律动
犹如弹性掌控着射向彼此晃动的力
而路牌横亘于天空写文章
那些缭绕的标注线是白日纷杂的释放
烧饼炉飘出软软的香气诠释着一切
像尚存的炎热敲打一切不止的运动
成为所有奔波者唯一的索引
到处是惊呼着的避让
唯有涌流的汗水使我睁不开眼
但我相信,总有一条不用眼睛的盲道
是拒绝之外唯一的包容
一声车鸣,惊飞我内心的渐黑
而它又齐刷刷地落在我的四周
像拯救者一次偶然宽容的疏漏

街头,弃用的绳索

节日悬挂彩旗的几根绳,现在
成了家什晾晒之用
上面什么都有:白衬衫,花裙子
为准备抵御将至严寒的毛衣,棉被,羽绒服
还有文胸,内裤以及破了一个洞的袜子
几根绳子围成一个天井,自然
那一片就是井市。女人顾盼,男人仄立
旁边的一锅糖炒板栗按捺不住爆裂
有香甜,也有焦煳气味飘出
呼喊,争吵,咆哮以及促狭的笑,如同
一个又一个过往无由地浮现,消失
有人悠闲地点上一根烟
就有人过来借火,那团火就点燃了
不同的人,不同的人就有不同的明灭
有几个孩子快乐地在井市里来回穿梭
其间,仿佛有我们每个人的身影
这一切,像从上苍的手中无心滑落

空旷中的等候

在空旷中等候,时间
投着一枚枚硬币
叮咚,叮咚,叮咚
有人听见,有人听不见
只是太阳喑哑,银月多情
援引着来自源头的征战诗
此时马蹄声此起彼伏,此时
盛夏的嘈杂此消彼长
我们的体内充溢着滚滚惊雷之声
像救赎和抚慰的鼓点
像松针突然刺入周空

空旷的午后

午后,我陷入一湖空旷
所有的事物都生出鳍和鳃
都在自言自语,仿佛独白
感受将醒未醒的逶迤和翕动
像在等待某种物质的填充
鸟鸣声盛满湖水自树梢落下
那些声音中一定藏匿着我们谓之的弹力
草木的肉身似在恍惚之中,而
樱花红晕尚在,兀自抓住将醒的春梦
向上啊,童年的榉树无奈拂动
一线电缆上站着一排乌鸫
仿佛运送着我们沿途走过的海洋
它们一辈子只有行走,无法抵达
只有密林中传来一阵阵浅笑
只有疾驰的摩托犁开一地落叶

第九辑

仿佛修辞

仿佛修辞

心路是我们行走时投下的影子
它的逶迤是杨柳般摇摆的道理的修正
我们把听诊器塞进衣服内听心跳
嘘,不要出声,它不是哭泣
是自律,是行走时自觉的彷徨
眼前空空,长路如纸舟
它的铺展与消失已无法描述,唯有
内心的建设者逆水而上
那些断裂的修复者手持方形文字
平整水面,仿佛修辞

一只打转的猫

一只猫,一直在打着圈
咬自己的尾巴。如果
让我来判断它劳作的意义
必定会打碎一面镜子
反射出我因映照而出现的多变的价值观
云朵上面坐着云朵,它的叠加
也是一种寻找答案的方式
你不要说它多变,是善变
就像那只猫,在打转的时候
会有一些更细微的动作
深深藏匿在它的内心

无意义

我想住在荒郊野岭
那样就会离一切更近些
云朵变幻,跳内心的舞蹈
犹如在族人的坟堆上献一束枯草
有烧山后枯枝最后一缕挣扎的轻烟的模样
空山鸦雀低鸣如恍惚
借风停时流水补齐山丘残缺的一角
你可以在低矮的草棚里猜测有无人路过
想象一下是否有来者驻足去者回首
他们的来去是季风在树梢上的晃动
就像在长夜难眠之际
你,为失聪者唱出赞美的歌
对盲者跳起僵硬的舞

时钟的手

几天前黄昏,我在校园的操场上快步行走
看着悬挂的时钟,有错位的感觉
低头看看手表,发现比悬挂的时钟慢了几格
跑道上满是喧嚣的行人,操场上
堆满兴奋的年轻人,可是
他们不是参照物,是万物一点
我放慢脚步,手表也没有快转
往前拨了几格,似乎只是加重了夜色
有些人在操场顺着走几圈,又
倒着走几圈,应和着某种节律和关联
我想问问他们顺逆的感受,但
始终没有说出口
此时,路灯遽亮
时钟的指针先几步到达白日和夜晚的临界
像白天突然垂下举起的手

一串钥匙

我有一串钥匙,四五把
家里的一把
办公室的一把,可以
看书抽烟的资料室的一把
还有一两把是过去的痕迹。而
家里的那把钥匙
因为经常使用,也为了不迷途
往往被我单独放在一处
成为孤独的一把

环城公园的黄昏

今天,无风
环城公园内所有的树木一动不动
像一个即时的失恋者
脚下缠绕的枯草如不变的注解
花草蛇正苦心寻找即将冬眠的处所
车辆肆意往来,行人急促匆忙
这让低矮的灌木轻微摇曳,而
乔木不动,它们站在
一座静立的庵院旁,呼吸平缓
只是,在细软的诵经声中
一截枯枝轰然从树干高高坠落
有的路人在夕光中惊诧不已
有的路人借黄昏遮盖若无其事
谈笑风生

翠微路的地狱面馆

有人常去翠微路的地狱面馆
吃面。我认为将黑未黑时最佳
那时,日光渐暗,堂灯未燃
我们吆喝一声:酸菜牛肉面
小二就会端来一碗晃荡的一天
不需要辨别,不需要认清
谁不知道粮食就是我们的亲人
坐在冷暖皆宜的办公桌前,我们的
亲人们定在播种黑麦、野芹和鸢尾
他们乘着星光用泉水和面
在灶火忽闪的铁锅中煮起缕缕劳作的日子
其间,不时看看一旁熟睡的我们
当一碗热气腾腾的成长摆上四方木桌时
他们会成为墙面上的一幅幅画像
烛火摇曳,温热宜人
我们直视一排排面目万千的亲人

麻雀飞回家去

天渐暗了,麻雀叽叽喳喳吵闹着
要回家。远处的积雨云
像刚搭建的烘烤房——肯定有面包
这是麻雀和我共同的想象
还会有香气,有焦煳的味道
山峦层层,状若巨大的面包
此时,黍蔬堆满仓房,有人推开
柴扉,黄昏的余光先一步走入厅堂
一群麻雀像低飘的炊烟
成为面包烤熟前绝妙的提醒
它们甚至会脱下羽毛助其燃烧
让黄昏飘满刺鼻的变性蛋白味道
面包烤熟,黄昏遁形
被黑夜吞噬的麻雀突然放下自己
一天的所得飞离而去
它们在暗夜里的鸣叫和我们有一样的底色

一只冬季的青蛙

是的,我的视力已大不如以前
黄昏刚至,就看不清路面
何况,这是个寒冬的日暮
咯吱咯吱的冰碴是冬季的新语言
像省略号般蓬松,不解释
我的眼球上也有冰碴
它折射的不是我想看到的
它摆脱的也许是我需要的,如此
我,只能跟在你后面,寒风如镜
你的手心温热,手背冰凉
像我们围着火炉不自觉地前倾
你会牵我的后背,不让我过早地
融化。你说现在的草丛中怎么会有
一只即将冻僵的青蛙战栗地跳出
就听见几个孩子惊喜地尖叫
你我,突然沉默不语

黄昏的阳台

柳枝轻抚水面,我
正立于阳台。几片枯黄的柳叶
如振翅悬立的蜂鸟
细数柳叶参差的边缘
窗外昏黄不定,但水面仍有余光
像一面沾染尘土的镜子
我坐下来,翻开一本书
像楼群次第打开灯的一扇扇窗户
里面只有自己能看到的内容,那些
夹在书页之间往昔生活的借条
在故事的结尾留下救赎的空白
女儿端来一杯溢满清香的新茶,让我
想起三月河边的新柳。此时
蜂鸟飞离。我与蜂鸟何其神似,只是
柳枝还在轻抚,清风仍旧拂面
我的全身长满泪腺

去山泉汲水

去山泉汲水,是我清晨第一件事情
薄雾轻涌,告知山间一切。而脆响的
鸟鸣,是少年的一声口哨
风,也不知道把这声响带往何处去消解
拾阶而上,足音敲碎静寂
旋转着,消隐于沥沥喷涌的泉眼
顺阶下行,世间的一切伸出手
状如堂皇之室钢琴的音阶,只是
手无形,风无状,泉水无声
一阵风过,唯有头顶的天空寂静
水桶中的天空晃动

风中飘来面包的香气

我们每个人都要对付
钢铁般的面包,那是生命中应有的
坚硬。就像甲壳虫,它是自己的
面包。它们五颜六色,像一位
音乐家在凌晨做着白日梦
如今,它们爬行时被篆刻,成为
一张布满细密纹路的胶木唱片
仿佛孩子们在迷宫中玩着最初的游戏
声音藏进沟壑,身形模糊于旋转
作为和解的交换,必定是面包
它来自不远处山涧的一座草房
风,吹动古老烤箱的留声机,送来
香气和音乐,以及呼吸般摆动的时钟
那些墙角的甲壳虫缓缓移动
烤箱中的面包成为剧中高潮时激动的角色
在面包师挥汗的调解中,小窗中透出的
橘黄色灯光,剑一般悬于甲壳虫与面包的

来去之路。风之布景此时拉开
看,谁能最先啃去移动着的面包的一角

这一日

这一日,道路都很平坦
香樟树没有枯黄的落发
这一日,楼宇都很坚固,高空
没有杂音叮咚的抛掷物
这一日,隧道里灯光通亮,换气扇
送来阵阵干净新鲜的空气
这一日,远山安坐在理发椅上
怀疑之云擦去山顶日久的积碳
这一日,善良有了重量
真诚有了刺骨的花朵般的质感
这一日,我把词语塞进弹夹
扣动我们隐而不露的扳机
刮起再次清洁人世的风

秋空下

辽复的秋空,有狮子和怀念之形
"这个吗?这是家乡的模样啊。"
一位归者的惊叹撞上曲形飘落的
枯叶,那枯叶有他镶上的金边。那就
找一棵树先睡一会儿,他知道
天将降下密集的箭矢
翘首而视,众人抬着神舆走过去
那些无形的成为有形的雨,以及
万物行走的隐喻。他听见有倾倒的
声音隆隆而来,惊鸟疾驰而去
辽阔是远方的怨恚

路灯

路灯哭红了眼睛
提醒我们的戒备之心
我发现了他的善
黄色是帝王之思
有运筹之前徘徊之意
我们端详蒸发至高穹之上的人
泪眼婆娑,有雨至葳蕤丛林之感
它们第替的闪现,是不是
我们常常见到的洁癖者,或者是
我们一直争论不休的真理与谬误
在逶迤中相互成就

反思，或者愧疚
——代后记
程大宝

我一直说：写诗，我是外行，或者说从对诗歌的本质、理论、技艺来说，我是外行，这不是谦虚，是实话。这本集子即将出版，我既兴奋又忧郁。兴奋的是，我又码了一些文字；忧郁的是，这些码出的文字是不是诗歌，或者说给纯净的诗歌抹了黑。

但是，我喜欢，特别是人到中年，能执着地喜欢一样东西不容易，更不用说浑身充满激情和朝气的诗歌了。有几个熟识的人问我，你这么大年纪，怎么突然写诗？诗歌可是年轻和热情啊！我也不知道为什么，只是一个偶然的触碰，拨动了已有锈迹的心弦。虽然它没有发声，但我能感觉到轻微的震颤，震颤导致锈屑崩脱，有微弱的刺痛感，也有星星点点的反光，然后有文字出现，并且急切地寻找自身应有的位置，这就是我开始写诗的模糊意识。

可是，有些事你越想做好，越是做不好。比如，我写这本集子，时常抓不住文字，就算偶尔抓住，也没有安放在恰当的位置上，所以它们扭曲、变形，词不达意，甚至逃脱。从这个角度看，我对不起文字，对不起诗歌。

然而,我的周身还有血液流淌,还有流淌时的浸润和探究,还有流淌时灵魂和肉体的轻微的摩擦感。尽管没有太大的响声,但我能感觉到;尽管有时词不达意,但我也会有愉悦如初春嫩芽探头的惊喜的幸福感。就像我喜欢唱歌,虽然老是跑调,但还会在没人的地方吼几嗓子。

当然,要真心感谢这本书的出版者、编者,感谢一路支持、鼓励我的师友,是他们的搀扶,我才得以蹒蹒跚跚地走到现在。

感谢史培刚先生题赠力透纸背的书名。

只是,愧对了读这本书的人。

二〇二二年三月二十三日